임영모 제5시집

천년의 향기

구름에 살짝 걸터앉은 달빛 한 채, 고이 잠든 세상을 바라보며 꿈을 꾼다. 가시나무 울타리도 시샘을 거두고, 바람에 묻혀 온 이슬에 마음을 씻는다. 가는 시간 마음에 담고 오는 시간 생각에 이고, 오늘도 인생만사 희로애락 또 생각에 저문다. 달 따라 가면 그 길이 나올까? 구름 따라 저 어둠이 걷혀질까? 내 마음은 언제나 구름 탄 밝은 달이 붙어 있지만, 아직은 걸음마 배우는 세살박이 어린 아이 걸음이다. 그 여린 둥근 볼이 가시나무 울타리에 찔릴까 싶어, 구름이 비껴서면 떨어질까 두렵기만 하다. 이 밤이 지나고 새벽이 오면, 내 마음에 다시 뜨는 혜안으로, 구름에 걸터앉은 달처럼 세상 길에 올라선다.

한누리미디어

국립중앙도서관 출판시도서목록(CIP)

천년의 향기 : 임영모 제5시집 / 임영모, -- 서울 : 한누리미디어,
2009
    p. ;   cm

ISBN 978-89-7969-343-0 03810 : ₩8000

한국 현대시 [韓國 現代詩]

811.6-KDC4
895.715-DDC21   CIP2009001871

시는 고독한 영혼으로 교감하는 창조적인 사고의 예술이다.

인간과 세상을 가장 맑고 순수한 시간으로 이끌어 가는 감동의 결실이다.

세상의 모든 사물은 자연의 바람에 물리적으로 흔들리지만, 사람은 물리적으로 흔들리지 않는다. 다만 정신적으로 흔들릴 뿐이다.

그 흔들림의 중심을 잡기 위해서는 세상의 중심을 자신의 가치로 이끌어 갈 수 있는 신념과 원칙이 있어야 한다. 더욱이 시인은 흔들리지 않는 깨끗한 영혼의 사색으로 시를 써야 한다.

한 편의 시를 쓰기 위해서는 어떤 사물이나 똑같은 풍경에 심취해 있더라도 자기만의 독특한 아름다움을 발견하여 영혼의 울림이 되는 메시지를 전달해야 한다.

인생의 희로애락을 시 한 줄에 담아 세상을 노래한 시인과 시의 임무가 참으로 막중하다. 나는 이런 깊은 사고로 시를 접할 때마다 어머니 품속에서 잉태되어 가는 위대한 한 생명의 숨결을 맛보곤 한다. 시는 그만큼 가장 순수한 인간의 영혼이 깃든 예술의 결정체이기에 이런 시를 쓰는 시인은 영혼의 구도자라고 해도 결코 틀리지 않을 것이다.

나는 이러한 사명감으로 인간의 가장 맑고 깊은 생각을 담아 제5시집《천년의 향기》를 세상에 선물하게 됨을 기쁘게 생각한다.

2009년 5월

임 영 모

차례 | 천년의 향기

🌳

차례 | 천년의 향기

6부 | 매미의 울음소리

차례 | 천년의 향기

7부 | 세월 먹은 어깨동무야

1부

사람이 가는 길에

천년의 소리 만년의 꿈

천년불비 우불명(千年不飛又不鳴)
천년의 시간을 생각에 담아라
영원의 향기가 그 속에 있다.
천년을 날지 않는 새야, 그 새야
만년을 보고 울어대라
꼭 울어대라

생명의 염원이 전설처럼 노래한다.
하루 대낮에는 참새가 울어대고
달밤에는 부엉이가 우는구나
쥐새끼도 지 세상 만났다고
덩달아 울어댄다.

구름은 흘러가도 바위 덩어리 꼼짝없고
세월은 또 가도
내 마음 그 곳에 있는데
산 넘어 가는 바람소리
시끄럽고 요란도 하다.

그 시간은 가고 없어도
흔적 없이 가고 없어도

그 사연은 그림자 되어
생생한 그림자 되어
내 생명이 숨쉴 때까지 영영하단다.

천년의 소리를 생각에 담아라
천년의 생각을 꿈처럼 품어라
만년의 꿈이 신랑처럼 기다리고
만년의 인생이 청춘처럼 오리니
영원한 소원이 신부처럼
아침나절 햇살처럼 맞을 것이다.

아! 천년의 소리여!
아! 만년의 꿈이여!
아! 인생의 노래여!

봄빛 인연으로

깊고 캄캄한 어느날 밤
나의 숨결은 품 안에서 포근히 잠든
갓난아기 새근함이 환희 바람처럼 속삭였고
살랑살랑한 바람에 실려
저녁 내내 꾸고 꾸던 꿈속의 꿈은
밝고 맑은 신선한 날에
심연으로 깊게 길게 이어질
뭔가 기분 좋은 예감이 빗줄기 사이로
오색 빛 무지개가 병풍처럼 펼쳐졌다.

하얀 안개에 수북이 덮인 지리산 자락
고운 실로 수를 놓은 듯
애무하는 햇살의 미소에 녹아
생명을 잉태하는 영롱한 인연으로 흘러
연두색 잎새의 몸속에
거울처럼 내려앉을 때
곧 손에 잡일 듯 눈에 보인
포근하고 부드러운 따사로운 봄빛은
두터운 땅을 뚫고 나온 아지랑이를 만났네.

예쁜 봄빛은 영원히 맑은 아름다운 연주자로

매력을 뿜어내는 아지랑이는
재주 넘고 춤을 추는 사랑의 광대로
공중을 무대 삼아 바람 되어 구름 되어
고고한 하얀 학의 자태로
넓은 세상 꽃 피고 새가 우는
노래하는 사랑의 정원이 되리라

또 나는 사시사철 늘 푸른 소나무처럼
님은 그 소나무에 다소곳이 앉아 있는
늘 하얀 학의 귀함으로
그 인연 봄날처럼 피어나소서
봄날처럼 피어나소서.

별꽃이 되리라

흐르는 물줄기 춤을 추듯
출렁출렁 장단 맞춰 리듬을 치고
나뭇가지에 걸터앉아
세월 좋은 새 한 마리 두리번거린다.

정녕 내 마음을 아는지 모르는지
한 곡조 서글프게 울어대더니
언제 그랬냐는 듯
뒤도 돌아보지 않고
어디론가 훌쩍 날아간다.

나는야 석양 노을에 몸을 태워
밤하늘로 높이 올라서서
세상을 향해 님을 향해
님을 향한 일편단심
영원한 내 사랑을 마음에 담는다.

당신의 마음을 흙 삼아
어둠 속에 빛으로 피는 별꽃이 되어
님이 잠든 고요함에
향기의 숨결이 되리라

님이 잠든 고요함에
감동의 소설이 되리라
님이 잠든 고요함에
환상의 꿈결이 되리라
하늘이 준 인연으로.

운명과 만남

하늘이 나를 맺어준 뜻이 무엇이냐?
그것은 곧 하늘의 인연이
나로부터 시작되다 함이니
세상의 모든 고귀함이
내 깊은 심연에서 샘처럼 솟아나는구나.

하늘은 나에게 이 땅과 만남을 주었고
하늘은 나에게 판단할 수 있는 선택을 주었으니
나는 그 만남의 숭고함을
거룩한 땅에다 심었다.

내 만남의 씨앗은 좋은 땅 나쁜 땅 가리지 않고
꽃피고 새가 우는 봄날에도 여름날에도
낙엽이 떨어지는 가을날에도
흰눈이 내리는 겨울날에도
땅의 믿음을 기다렸다.

그렇게 만남의 신비로움은
하늘의 역사가 세상의 인연이 되어
운명이라 여기며 살아간다.

마르지 않는 샘

만나는 사람마다
성스러운 흔적을 남기며
이 땅에 살고 있는
인연의 관계를 잘 조화한다.

만나고 또 만나도
줄지도 않고
마르지도 않은 채
오늘도 나를 처음 만난
그때의 싱싱한 젊음을 지킨다.

늙지도 않는 건강한 모습으로
더 넓은 세상의 만남을 위해
내 심연의 깊은 샘에서
그들과의 인연을 위해
영영 마르지 않는 샘에서
만남의 물길을 끊임없이 내주고 있다.

영영 고운 숨결

평생 동안 이런 사랑 하나 있었으면
마음이 어두울 때 어둠을 밝히는 달 그림자 품고
둘만의 길을 가는 밤하늘에
이슬 머금은 풀잎 같은 순정으로
아름다운 선율을 노래하는 사람.

맑고 푸른 물결 따라 해 그림자 여울 위에
님은 나룻배요 난 뱃사공 되어
끝도 갓도 없는 평화로운 자유를
맘껏 그리는 풍경화 같은 사랑.

한철 피고 지는 사물이 아닌
겨울 눈꽃을 머리에다 이고
발끝은 얼음 속에 담그면서도
사시장청 푸른 소나무 같은 사랑.

문학 속의 소설 같은
아름다운 세상 이야기를 담아 놓고
읽고 또 읽어도 우러나온
시인의 깊은 맛이 고이 배인
아주 오래된 고전 같은 사랑.

그 시인 눈을 감고 잠기니
뒷동산에 토끼와 다람쥐가 뛰어노는
동화 그림자처럼 눈 속 가득히
그 사랑 먼 날에도 보이는 사랑.
먼 날에도 보이는 사랑.

님 그림자

비단실 같은 금빛 햇살
꽃잎 얼굴에 내려앉아
연지 곤지 찍어 발라
곱게곱게 화장을 하고
어느새 다소곳한 몸새로
동그랗게 눈을 뜨고 앞을 본다.

예쁜 꽃 고운 꽃 귀여운 꽃
웃는 얼굴 모습에는
님에게 바칠 순정
깨끗한 품성 보이고
향기 품은 그 마음
십 리 밖의 님을 보네.

바람 타고 오려나
구름 타고 올 건가
햇빛처럼 올까 기다려도
아침나절 점심나절
열두 번도 오고 갈 시간 넘었지만
해 그림자 내 얼굴을 가릴 뿐
님 그리자 보이지 않네.

해 그림자 서산을 가릴 뿐
님 그림자 보이지 않네.

허공

나는 님의 이름 불렀다.
님의 이름이 부서지도록 불렀다.
사무친 그리움으로 불렀다.
그러나 님의 이름
허공에 메아리 되어 떠돌다
구름 타고 가 버린다.
바람에 날아가 버린다.

그래도 나는
저 산 너머 깊은 골을 보고 외쳤다.
저 강 건너 그림자를 향해 외쳤다.
서산에 걸터앉아 지는 해를 보고 외쳤다.
님의 이름 불렀다.

님의 이름은 세상천지에 점점이 박혔다.
님의 이름은 온 산야의 나뭇잎을 떨게 하였다.
외로워서 불렀다.
그리워서 불렀다.
서러워서 불렀다.

바위의 잠을 깨우는 소리였다.

물소리도 멈추게 하는 소리였다.

외로움을 담아 불러도
그리움을 담아 불러도
서러움을 담아 불러도
불러도 불러도
그 님은 대답이 없었다.

그 님은 대답이 없었다.
그 님은 대답이 없었다.
소리를 삼킨 허공처럼
저 허공처럼—.

사람이 가는 길에

사람이 가는 길에 사람의 신념은
종교보다 강하다.
사랑보다 강하다.
거룩한 정의의 피가 솟는다.
악 앞에서 선이 강하다.

사람이 가는 옳은 길에
종교보다 더 깊고 높은 정신세계가 펼쳐진다.
어둠을 불사르는 달처럼 떠오른다.
찬란한 여명의 햇살로 세상을 비친다.

라일락 향기 품은 봄날보다 더 깊은 향기가 솟아난다.
울창한 여름날보다 더 건강한 생명으로 탄생한다.
오색 불로 타오르는 가을날보다 더 뜨겁게 타오른다.
찬 서릿발이 돋는 겨울날보다 더 매섭게 견딘다.

사람이 가는 길에 사람의 신념은
종교보다 강하다.
사랑보다 강하다.
사람이 가는 옳은 길에―.

2부

천년의 향기

지리산의 향연

지리산의 봄날은
온갖 만물이 살 곳을 자리잡고
아름다운 선율로 자연을 숨결에 담고자
움트는 신비한 모양새들이
무대에 등장하는 생명의 몸짓같구나.

지리산의 여름날은
깊게 패이고 넓게 자리잡은
어머니의 긴 치맛자락이
한없는 열정의 물결로 출렁거리는
정갈하게 생동하는 사랑같구나.

지리산의 가을날은
곱디곱게 단장을 한 여인이
어여쁘게 연지곤지 찍은 화려함으로
바람 타고 올 신랑을 기다리는
화려한 새색시 얼굴같구나.

지리산의 겨울은
세상만사 희로애락 가슴에 담아
어둠을 이기고 새벽을 열어

희망과 여명의 꿈을 꾸는
동트기 전 저 너머 햇살이 아니던가.

아!
지리산이여!
님이여!
사랑이여!
생명이여!
나는 당신 품에서
영원히 노래하고 춤추는 광대가 되련다.

당신의 땅

세상이 넓다 한들
어찌 당신 마음만 하겠소
시작은 있지만
끝이 없는 당신의 마음
들어가는 문은 있지만
나오는 문이 없는 그곳
나는 나는
그 끝도 갓도 없는
당신의 마음 속에서 헤매고 있습니다.

사막의 모래알보다
훨씬 더 많은
그리움의 열매를 낙타에 싣고
밤이 되면 달님에게 물어 보고
낮이 되면 햇님에게 물어 보면서
그 넓고 넓은 땅에서
외로움에 떨고 있습니다.

님을 부르다
님을 부르다
목이 말라 버린 나에게

당신의 땅에서
물 한 모금 마실 수 있는
우물은 없습니까?

님을 부르다
님을 부르다
지쳐서 걷지 못한 나에게
당신의 땅에서
바람 한 점 불어주는
그늘은 없습니까?

혼불

숨소리조차 인기척이 없었던
당신의 진실한 몸가짐은
어느 날 나의 뜨거운 가슴으로 다가와
풀잎에 내려앉은 새벽 이슬처럼
나의 숨결 속에 소중한 생명으로 자리했습니다.

내가 호흡을 할 때마다
당신은 내 마음에 중심이 되어
여름날의 더위를 식혀준 부채 바람처럼
힘든 나를 쉬게 한답니다.

세상살이에 지친 메마른 인생길에
발부리 걸려 넘어질까
긴 숨을 내쉬게 하고
숨을 골라 리듬을 쳐줍니다.

그런 당신은 이미 당신이 아닌
땅 속을 흐르는 물처럼
내 몸의 내가 되어
나의 핏줄이 된 지 오랜 일입니다.

그렇게 나로 하나 된 당신
내 마음의 흙이 되고 물이 되고 씨가 되어
오래 전부터 이미 내 가슴에 싹을 돋게 하여
하얀 마음 푸른 마음의 인격으로 색을 칠했습니다.

사람들은 알고 보면 세상의 봄날인데도
산야에만 봄날인 양 진짜 가짜를 구별 못하듯이
내 가슴에 무성하게 숲을 이룬 사물 종류마다
정녕 당신의 혼결이 숨어있는 당신의 생명입니다.

당신은 내 마음에 뿌려줄 구슬처럼 맑고 고운
은빛 물방울을 모아
옹달샘을 마음으로 깊이 파놓고
언제나 새벽처럼 내 몸을 기다리고 있답니다.

당신은 숨소리조차 없는 인기척으로
내 몸 안에 돌고 있는 피랍니다.
땅 속을 쉴 새 없이 흐르는 진실한 물이랍니다.
당신은 나를 살게 하는 혼불 같은
영원한 나의 생명입니다.

화무십일홍

앙상한 나뭇가지 몸통 속에
겨울 내내 무엇이 꿈을 꾸고 있었을까?
햇살이 잠을 깨우니, 신비한 싹이 돋는다.
따사로운 햇살이 입을 맞추듯
일어서라고 손을 잡아준다.
세상을 꽃병 삼아 뿌리를 내린다.

어찌 그리 어여쁘던가?
눈으로 묻고, 입으로 묻고, 귀 코로 물어도
알 수 없는 미소만 날마다 달라질 뿐,
끝끝내 말이 없다.
세상의 공기 내음 하얀 색으로 갈아입힐까?
빨간색으로, 주황색으로, 노란색으로 수를 놓을까?
날이 갈수록 그 향기 듬뿍 담은
형형색색 그림을 그린다.

아ㅡ! 심술궂은 바람이 분다.
산 넘어 숨어 있던 그 바람이 분다.
한 순간 품안에 꽃을 안을 듯
굶주린 맹수처럼 들이닥친다.
꽃잎이 떨고 있다.

바람에 떨고 있다.
꽃잎이 바람에 뺨을 맞는다.
웃는 얼굴, 얼굴에 멍이 든다.
어여쁜 꽃잎 가여운 꽃잎.
눈물 맺힌 얼굴로 세상과 인사한다.

춤을 추듯 날아간다.
나비처럼 날아간다.
물 위로 떨어진다.
마지막 날 세상의 모습
물 속에 그려 넣는다.
마지막 날 세상의 모습
물 속에 새겨 넣는다.
내년에도 세상을 꽃병 삼아
다시 피려나
그 모습 물 속에 담는다.
물 속에 담는다.
물 속에 담는다.

어떻게 살아야 할까

책으로 마음을 살찌우면
세상이 다 내 것이 된다.

글로써 머리를 채우면
세상에서 가장 높고 단단한 큰 산이 된다.

인생은 자연을 보고 마음을 비우고
인생은 행동으로 덕과 품위를 닦는다.

'심사학성' 인생의 마음과 생각에는 배움을 넣고,
'염불산고' 산은 높을수록 좋고 사람의 덕은 쌓을수록 좋다.

인생의 아름다운 향기는 깊은 배움과 사색에서 나온다니
그 향기는 세상을 살게 하는 생명수가 된다.

그 생명수를 위해!
나는 어떻게 살아야 할까?

샘물의 희망 이야기

어디서 숨바꼭질하다 나온 샘물일까?
맑고 고운 목소리로
아침부터 저녁까지
샘물이 노래한다.

어디서 꼭꼭 숨어 살다 나온 샘물일까?
환상적인 은빛으로
햇빛을 붓삼아
샘물이 그림을 그린다.

어디서 길을 잃고 방황하다 나온 물일까?
절로 터진 세상 천지
온 몸에 적시고
역동적인 몸동작으로 자유의 춤을 춘다.

어디서 벙어리처럼 살다 나온 샘물일까?
이제야 말문이 터진 그 입술
구슬처럼 구르며
세상으로 흘러갈 이야기를 만든다.

해송(海松)아 해송(海松)아

흘러간 사공의 뱃노래 지금은 간 곳 없고
파도소리 그 날처럼 쉴 새 없이 님을 향한 손사랫짓
꾹 참은 찬 바람이 어렵게 빗줄기로 밀려오고
가신 님의 한 서린 눈물인양 내 뺨을 적신다.

저 멀리 들려오는 여객선의 고동소리
희망의 노래인가?
통탄의 곡조인가?
내 가슴을 울린다.
내 가슴을 퉁퉁 친다.
내 님이 돌아오나?
내 님이 돌아오나?
섬섬이 돌아가는 파도
허리춤에 꿈결처럼 끊어지고
한 번의 설렘이
열두 번의 실망의 그림자로 변해
내 눈을 속인다.
내 마음을 애태운다.

점점이 박힌 섬아, 섬아!
그렇게도 오랫 동안 바닷물에 몸을 담근 채

그 때 가신 님을 아직도 기다리나
행여 밤길 찾다 잃을까?
저녁에도 불을 켜고
저 겹겹이 쌓인 파도 넘어
바위 위에 아슬하게 뿌리를 내린 채
행여 그 님 먼 빛에 올까?
행여 그 님 저 편에 올까?
고개를 쳐들고 있는
너의 모습 눈이 빠질까 싶다.

해송아! 해송아!
사시사철 거센 바람 온 몸으로 품고
나대신 그리도 서 있구나.
가신 님 몸만 가고
정녕 갈 수 없어 영혼은 남겨졌나?
깎아 세운 듯 절벽 틈에 발을 내린 해송아!
바위와 같이 살자.
물과 바람과 같이 살자.
님을 닮은 해송아!
해송아! 해송아!

꽃처럼 달처럼 보여주소서

산야를 덮는 안개처럼
온종일 님의 그리움을 덮고 사색하여도
햇빛이 들면 어느새 볼 수도
만질 수도 없는 공기가 되어 갑니다.

저녁 내내 1장 2막 3막으로 꿈을 꾸고 또 꾸어도
새벽 찬 이슬이 풀잎에 내려앉을 때면
꿈마저도 잠을 깨나
희미한 어둠 따라 망각의 시간으로 흘러 갑니다.

사라져 간 메아리의 끝자락처럼 아련히 들려오는
님이 남긴 그 목소리 내 귓전에 아직은 맴돌지만
이마저도 산 넘어갈까?
마음 속에 담아둘까?
연약한 님의 목소리 깨질까 무서워
마음에 담아둔 그리움 한없는 눈빛으로 바라봅니다.

거울 속에 비치는 꽃은 만지지는 못해도
님이 그리울 때 손거울 내 손에 그려지지만
님을 향한 나의 그리움은 온몸으로 봄날을 애태우는
엄동설한의 한복판에서 그리움에 떨고 있습니다.

강물에 비치는 고운 달덩어리도
검푸른 물결 속에 고운 모습 보이는데
님은 어찌하여 볼 수도 만질 수도 없나요?
님은 꽃보다 귀한가요?
달보다 귀한가요?

꽃도 달도 내 손 내 눈에는 보이는데
정녕 님은 그리움으로만 있습니다.
정녕 님은 추억의 그림자로 있습니다.

어여쁜 꽃도 거울을 통해 얼굴을 비춰주고
저 먼 하늘에 떠 있는 고운 달도
물을 향해 모습을 보입니다.

님이여! 나를 보소서
님이여! 나를 보소서
거울에 비치는 아름다운 꽃처럼
강물에 비치는 고운 달처럼
거울 속이나마 강물 속이나마.

천년의 생각으로

온 산야를 깨워라
가슴을 후려쳐라
거침없이 호령하라
힘 있게 굽이치는 동작이여

생명이여 계곡이여
신비로운 목청을 돋구어라
천년의 빛깔로 갈고 닦아서
생명의 가락으로 몸짓하라
영원의 선율로 춤을 춰라
늦장을 부린 사물이 잠에서 깨어난다.

벌거벗은 몸뚱이 핏기가 흐른다.
메마른 몸에 새 살이 돋아난다.
새 옷을 갈아입는다.
봄날의 기풍을 조율한다.
봄날을 연주한다.
인생을 부른다.

세상을 얼싸안고 세월을 노래한다.
천년의 생각으로—.

인생의 길은 사계절과 같다

아장아장 아가처럼 찾아온 환상의 봄이 오면
화려한 온갖 생명들이 세상을 화단 삼아
싱그럽게 꿈을 꾸며 저마다의 살 터전을 갈고 닦는다.

뜨거운 인정으로 가까운 친척처럼
어느새 찾아온 무성한 여름이 오면
건강하게 노래하는 생명들이 무성한 드렁칡이처럼
잘 어우러져 더불어 살아가는 이치를 터득한다.

시원한 바람 타고 반가운 손님처럼 찾아온
화려한 가을이 되면
울긋불긋한 생명들이 화려하게 춤을 추고
지난날을 회억하는 사색의 머리를 감는다.

떠나간 님 오매불망 기다리는
그리움을 꽁꽁 안고 동트는
새벽을 기다리는 어둡고 차가운 겨울이 되면
생명의 물과 흙이 되어
겸허한 자연의 섭리를 깨달은 휴식에 잠든다.

천년의 향기

사람으로 살면서 세상과 삶이 나를 속일지라도
삶에 대한 진실한 믿음은 천년의 향기로 피어올라
지친 나의 희로애락을
생명의 보자기처럼 품어줄 것입니다.

흙 속 같은 믿음으로 마음을 가꾸고
바위 같은 원칙으로 신념을 세우고
새벽 같은 생각으로 희망을 꿈꾸고
햇살 같은 뜨거운 정열로 길을 비추고
저 높은 곳을 향한 의지를 이끌어
올곧게 올곧게 펼쳐 나갈 것입니다.

그때가 되면 서산에 걸터앉아
나의 인생은 붉게 타는 노을이 되어
세상을 환상의 전설로 만들 것입니다.

어둠이 나를 덮칠지라도
나의 황혼은 달빛으로 더 밝게 떠올라
구름을 방석 삼아 휴식을 취하며
지난 세월의 여로를 영상할 것입니다.

3부

운명의 수레

운명의 수레

고물이 녹아 다시 새 생명의 명작이 되듯
그 뜨거운 불길의 아픔도 참고 견디며
세상의 쓰라린 서럽고 슬픈 고통들을
끝끝내 원망도 후회도 하지 않을 것입니다.

이 텅 빈 세상에 내가 가야 할 길이 막혔다고 해도
나는 나의 운명의 길을 우주의 큰 길로 알고
돌밭을 갈아엎는 소쟁기로
미련하게 그 길을 갈 것입니다.

사람으로 살면서 세상과 삶이 나를 속일지라도
인생에 대한 진실한 믿음은
나의 손에서 절대 놓지 않는
운명의 수레가 되어 끝끝내 끌고 갈 것입니다.

주인의 말을 잘 듣는 소처럼
좀 힘들면 '음매' 소리 한 번으로 세상 시름 잊고
서러운 눈물 비가 되어 내리고
고통의 땀방울 눈이 되어 내리고
아무리 무겁고 힘들어도 내려놓지 않고
아무리 멀고 험해도 주저앉지 않고 말입니다.

영생의 사이

돌과 난초
뿌리가 같은 한 몸처럼 받들고
그 맑고 푸른 우정이 천만 년을 간다.

돌은 가냘픈 난초의 든든한 뿌리가 되어 주고
난초는 무표정인 돌의 얼굴이 되어
상생의 벗으로 조화를 이룬다.

바람이 불고 눈비가 와도
말도 웃음도 가슴 속에 꽉꽉 채어둔 채
욕심 없는 처사(선비)의 올곧은 몸으로
오직 난초의 향기를 벗삼아 세월을 품는다.

세월이 가도 사람이 가도

하늘 향해 높이 든 손
나무의 반듯한 기상이 올곧다.
제자리에 우뚝 서 있는 나무가 아름답다.

아무런 세월이 흘러도 바람을 피하지 않는다.
먹고 삭이는 그 품안이 넉넉하다.

세월을 등에 메고 그 눈물 이슬로 받는다.
날마다 여린 진주를 달고 그렇게 서 있다.

까칠까칠한 몸뚱이를
세월이 시샘하며 스치고 갔었다.
깊이 파인 골의 질감이 세상맛을 말해 준다.

세월의 숨 가쁜 고통을
숨소리조차 내지 않는다.
그림자도 알 수 없어 고개 숙인다.

이렇게도 고결할까
그 흔적 세월 속에 보낸다.
인내와 기다림으로 서 있다.

올곧은 아름다운 믿음으로
그렇게 일심으로 서 있다
세월이 가고 사람이 가는 길에―.

나무야 나무야

나무야 나무야
숲 속의 나무야
푸르름의 속삭임이 동화책을 그려낸다
온종일 가득 가득 산 속에 물이 노래한다.

가슴 넓은 곳에 자리잡은 숲 속에는
하늘로 쭉 뻗은 큰 나무의 기상이 높다.
문득 새로 비쳐지는 햇빛이 따가워
고개 숙인 애솔나무의 여린 놀림이 귀엽다.

나무야 나무야
올곧은 기상으로
숲 속에 사시장청 생명의 기운으로 서라
칠흑 같은 어둠의 장막에 한 줄기 희망으로
세상의 모든 숨결이 잠들 때도
개똥 불을 밝혀라.

사람이 너를 괴롭힐 때
세상이 너를 돕지 않아도
올곧게 서라 올곧게 서라
하늘을 향해 쭉쭉 뻗어서

가련한 세상을 내려봐라
양팔을 쫙 벌려 세상 이야기를 품고
바람이 불 때 크게 외쳐라
바람이 불 때 크게 외쳐라

저녁에는 안개 속에 생각을 꿈꾸고
낮에는 구름 속에 마음을 숨겨서
세상이 어지러울 때
세상이 힘들어 할 때
비가 되어 내려라
비가 되어 내려라

나무야 나무야
산에 산에 나무야
너의 입술 푸른 색으로 연하게 바르고
세상에서 살 동화책을 읽는다.

공중 곡예 아장아장 걸음마를 배우고
바람이 스치고 간 귓속으로 세상 이야기 엿듣고
바람이 일러주고 간 세상 말 입을 여는구나.

화려한 자태로 사람들의 눈을 홀리고
향기로운 색깔로 사람들의 코를 숨죽이던
신비한 천연의 그 몸짓 그 몸짓
휘영청 달빛에 눈송이로 변하고

꿈인양 생시인양 환상의 나래가
천년 만년 살 것같이 온 산야를 덮더니
지금은 바람이 쳐주는 장단에 맞춰
낙화한 모양 모양이 춤을 추는 전설이 되어
세상을 무대 삼아 봄의 향연을 펼친다.

사랑은 그리움이 아니었다

그리워 말아
서러워 말아
그리움은 떠났다.
서러움도 떠났다.

동이 트기 전 새벽 안개 속으로 사라졌다.
햇살이 무서워 먼지 같은 어둠 속으로 부서졌다.
님도 가고 사랑도 가고 그 시간도 갔다.

사랑은 그리움이 아니었다.
사랑은 그리움이 아니었다.
그리워 마라 서러워 마라.
그리움은 저 멀리 떠났다.
서러움도 저 멀리 떠났다.

텅 빈 마음이 거울처럼 보인다.
정을 준 추억이 깨끗한 유리잔처럼 비어 있다.
님도 가고 사랑도 가고 그 시간도 갔다.

사랑은 그리움이 아니었다.
사랑은 그리움이 아니었다.

소리내어 울지 않았다

달빛이 사라진 그날 밤
어둠이 내 뺨을 칠 때
한없이 눈물은 흘렸지만
나는 소리내어 울지 않았다.

은빛 안개가 눈 내리듯 오던 날
세찬 칼바람이 내 살을 저미어도
한없는 눈물은 흘렸지만
나는 소리내어 울지 않았다.

그때는 차마 소리내어 울지 못했다.
고이 잠든 사물들이
잠에서 깨어날까 미안했다.

떨어지지 않는 눈 사이로
서러운 눈물 끊임없이 흘러 내렸지만
나는 차마 안개 속에 입을 가리고 있었다.
어둠 속에 고개 숙이고 얼굴을 가렸다.

청춘연정

빨간 단풍 같은 청춘 연정 낙엽 되어 갔나
저 하늘에 별도 우리 열애 비겨서 구름 속에 숨었던
눈부시게 피어난 빨간 열애가 슬픈 재가 되었다.

저 별은 아직도 밤하늘의 빛으로 타오르고 있는데
그 시절 그 사람 그 사랑
새파란 그 청춘 지금은 없고
텅 빈 마음 속에
구름 한 점 외롭게 떠 있다.

외로움을 달래줄까 바람이 다가오고
석양길 외기러기 동무 삼아 날갯짓해도
님이여 오시나요?
님이여 오시나요?

널따란 하늘 하늘에 구름 한 점 외롭구나
저러다 사라질까 구름 한 점 그립구나
저러다 떨어질까 구름 한 점 슬프구나
차라리 님을 찾아 나비처럼 날아가련다.

사랑의 역사

바람이 붑니다.
비가 옵니다.
그래도
그 사람 그리움은 바람에 씻기지 않고
빗물에 지워지지 않습니다.

그 사람 이름은
내 마음 깊은 속에 자리잡고 있기에
바람이 불고 비가 와도
내 마음 유리창 너머로
그 바람과 비를 바라보며
그 날의 행복을 회상하며 되새긴답니다.

그 사람은 가고 없지만
그 시절 사랑의 이야기는
내 마음 깊은 호수가 되었습니다.
그 옛날 꿈같은 그리움은
내 눈동자에 거울처럼 비쳐집니다.
해가 뜨면 그림자처럼 그 날을 따라갑니다.

어두운 밤이 되면 구름에 달 가는 그림자가 비쳐옵니다.

찬 서리가 시려워 나뭇잎이 떨어진다 해도
그 뿌리는 흔적으로 남아 엄동설한을 지키며
나를 위로할 것입니다.

비바람에 상처 입은 꽃일지라도 봄날의 향기는
내가 꽃으로 태어났음을 증명하게 할 것입니다.
사랑한 님은 갔어도 님은 갔어도
내 마음 줄기줄기 뜨거운 피가 되어 흐릅니다.

그 날의 사랑이 피가 되어 흐릅니다.
그 날의 그리움이 피가 되어 흐릅니다.
내 몸 속에 생생히 살아 숨쉽니다.
그 날의 그 사랑이
그날의 그 사랑이.

님을 위한 별꽃이 되리라

비단실 같은 금빛 햇살 꽃잎 얼굴에 내려앉아
연지 곤지 찍어 발라 곱게 곱게 화장을 하고
다소곳한 모양새로 동그랗게 눈을 뜨고 앞을 봅니다.

예쁜 꽃 고운 꽃 귀여운 꽃 웃는 얼굴 모습에는
님에게 바칠 순정 깨끗한 그 품성 보이고
향기를 품은 마음에는 십리 밖의 님을 바라봅니다.

바람 타고 오려나, 구름 타고 올 건가
햇빛처럼 올까 기다려도
아침 나절 점심 나절
열두 번도 오고 갈 시간 넘었지만
해 그림자 내 얼굴을 가릴 뿐
님 그림자 보이지 않습니다.

흐르는 물줄기 춤을 추듯
출렁출렁 장단 맞춰 리듬을 치고
나뭇가지에 걸터앉아
세월 좋은 새 한 마리 두리번거립니다.

정녕 내 마음을 아는지 모르는지

한 곡조 서글프게 울어대더니
언제 그랬냐는 듯
뒤도 돌아보지 않고 어디론가 훌쩍 날아갈 때
나는야 석양 노을에 몸을 태워 밤하늘로 올라갑니다.

세상을 향해 세상을 향해
님을 위해 님을 위해
사랑의 일편단심
어두움 속에 빛으로 피는 별꽃이 되어
님이 잠든 고요함에 향기의 숨결이 될 것입니다.
님이 잠든 고요함에 환상의 꿈결이 될 것입니다.

세월 속에 심은 사랑

밤하늘 별밭을 바라보네
촘촘히 심어진 금옥 같은 별들이 반짝반짝
내 눈에 내려앉아 가슴을 뛰게 한다.

그 별에 사랑을 심던 새파란 청춘 시절
하얀 종이에 파란색 보라색을 칠하고
꿈인들 깨지 말고 생시를 축복했었다.

별을 딸까 별을 그릴까 생각을 하고
사랑을 하늘에 박힌 별처럼 가슴에 심으며
큰 별로 키울까 은하수를 모았다.

얼굴에 그려진 푸른 미소는 산처럼 가득했고
마음으로 샘솟는 이야기는 물처럼 흘러 흘러
행복의 숨소리가 지저귀는 새 소리로 울렸다.

아! 님이여!
어디서 저 별을 보시나요?
산 넘어 있나요?
강 건너 있나요?
세월 속에 숨었나요?

세월 속에 내가 있다

아!
인간이여!
세상이여!
바람이 불고 눈비가 와도
세월은 듣는 척도 안 하고
제 갈 길만 간다.

부엉이가 울어도,
개가 짖어도
기차는 목청을 더 돋구며
목적지를 향해 힘차게 달려간다.

도도하고 유유하게 흐르는 물처럼
세월처럼
나는 그 속에 흐르는 역사처럼
세상을 떠돌다 간다.

님이여 당신은 사계절의 전설입니다

오! 그 님은 신비로운 잎새여라
오! 당신은 신비로운 꽃잎이어라
바람에 바람에
천지간에 흔들리지 않는
사물이 없다지만 당신은 그 바람을
춤사위로 만들었고
그 바람이 불 때면
당신은 노랫가락으로 신명나게 흥얼거렸습니다.

문창호지보다 엷은 볼에
겨울 꽁지 바람이 칼날처럼 스칠 때면
수심 사연 안고 회심 사연 안고
한 방울 두 방울 모아두었던
주름살에 고인 주름살에 고인
옥 같은 고귀한 눈물을 달구어
그 칼바람을 용광로처럼 녹였습니다.

또 꽃샘바람 불어올 때면 어이 견딜까?
어이 견딜까?
보는 이 참아 눈감고 있을 때
몸속에 흐르는 깨끗한 피

뜨거운 물이 되어 뜨거운 비가 되어
봄날의 생명으로 흘러갔습니다.

오, 님이여! 오, 님이여!
당신은 아무도 없는 저 민둥산에
토종 어린 소중한 사랑의 씨앗 뿌림이
어느새 나무가 되어 산소를 내품어 주고 있습니다.

이런 나무 저런 나무 많은 나무들
편안한 토양 찾아 자리잡고
곳곳에 화단을 예쁘게 가꾸니
어느새 울창한 숲이 되어
계곡의 물도 서로서로 앞다투며
신명난 선율로 바위와 숨바꼭질하고 있습니다.

오, 당신이여! 오, 당신이여!
님의 정성은, 님의 소원은
아름다운 빛줄기로 창조되어
생명력을 온몸에 머금은
신화처럼, 고전처럼, 전설처럼
우리의 가슴 속에

그리움의 시간 속에
억만년도 더 남으리오.
영영히 남으리오.

오, 그대여! 오, 그대여!
당신의 열정은 빨간 꽃으로는 여려서
붉은 불꽃으로 타오르는 혼불로
당신의 숨결 모아 만들었던
이 집을 가시거든, 이 집을 가시거든
시집간 큰 누나의 발길로 다시 오소서
친정집 찾아오는 시집간 큰딸의
그리운 마음으로 다시 찾아주소서.

당신이 터잡은 거룩한 숲속에
참새가 울고 다람쥐가 재주를 부리며
토끼가 옹달샘을 찾아드니
그 숲이 그리워 그 숲 속이 그리워
구름도 내려앉아 구경하고
그 꽃샘바람도 부끄러운지
이제는 숨소리 입을 막고
바위 뒤에 숨어버립니다.

오, 님이여! 오, 님이여!
당신은 봄, 여름, 가을, 겨울
사계절에 맞는 옷을 갈아입고
세월을 운행하는 산하처럼
인생을 품어 주소서
인생을 안아 주소서.

파란 청일점에 빨간 홍일점의 댕기를
사방 천지에 날렸던 그리움이여
연지 곤지 다시 찍은 큰 누나 사랑으로
큰 딸의 효심으로
어머니의 일손으로
그렇게 다시 오소서
어여쁜 반가운 손님처럼
꼭 그렇게 오소서
꼭 그렇게 오소서.

꿈이여 그리움이여

아! 세월아!
아! 그 세월아!
아! 꿈이여!
아! 그 날의 꿈이여!

어찌하여 너는
그렇게 가고 없느냐?
어찌하여 너는
흔적 없이 그림자도 없느냐?

산 넘어 숨었느냐?
바다 건너 숨었느냐.
구름 타고 갔느냐?
바람 타고 갔느냐?

그 흔적 내 꿈속에만 남겨두고
그렇게도 갔느냐?
그 시간을 데려갔느냐?

그 시간은 떠났어도
내 마음은 이렇게 남아

그 옛날 등불 삼았던
그 경험의 삶과 추억들이
저 하늘 구름 한 조각처럼
아니 깃빠진 새털구름처럼
갈 길 잃고 힘없이 날리고 있구나.

부모님이 밥 먹듯이 일러주었던
그 수많은 인생 격언들이
저 텅빈 하늘에서
그 옛날 집을 찾지 못하고
길을 잃고 갈 길 몰라
외롭게 날리고 있구나.

그렇게 석양길 노을 속에
곧 밤이 될 텐데
곧 밤이 될 텐데.

심연의 얼굴

내 깊은 심연에서 끌어올린 두레박 속에
햇살이 금옥처럼 박힌 싱그러운 물 한 모금
오다가 멈춘 길손의 메마른 살결에 흐른다.

행여 내 맘에 떨어뜨린 님의 마음이
정녕 누가 볼세라 깊은 산에 빠뜨린
님의 고요한 숨결소리 구름살의 구슬일까?

물 위에 비쳐지는 그리운 달그림처럼
님의 어여쁨이 님의 고귀함이
우물 같은 내 눈 속에 영롱한 빛으로 남는다.

영영 마르지 않는 샘 깊은 물 위에
빛을 붓삼아 그려 넣은
그림 같은 님의 마음이 새벽처럼 일어선다.

사물이 눈을 뜨니 사람도 따라 눈을 뜨고
세상도 따라 말을 하니 울밑에 선 봉숭아도
곱고 고운 우리 누이 얼굴을 만든다.

시인의 심연을 울린 그 꽃잎이 떨어질까
시인의 등 뒤에 큰 산을 지고 바람을 막아
봉숭아 꽃잎 마음 우리 누이 얼굴을 감싸준다.

인생 천지

인생 천지 가는 길에, 그 가는 길에
나는 무엇이 되어 살아갈까?
나의 귀함은 무엇이던가?

세상 천지 내 땅이라 밭삼아 핀
봄날의 그 꽃이 사시사철 간다면
어찌 아름답다 할 것인가?

패기 청청 뜨거운 정열
청춘이 평생 간다면
어찌 젊음이 아름답다고 할 것인가?

우리네 인생 항상 있는 그 자리가
꽃보다, 돈보다, 권력보다
비싼 가치가 있다는 생명의 자리가 아니던가?

내가 가는 길이 청춘의 힘이요
내가 머무는 자리가 바로 젊음이 아니던가?
내가 생각한 그 상상 나의 생명 행복이어라.

4부

어머니의 밥그릇

봄날의 전설

백옥 같은 화사한 피부에
홍조 띤 얼굴에 핏기가 흐르다.
푸릇푸릇한 색깔로 옷을 지은 시간 속에
창조의 소리가 수채화를 그린다.

숨쉬는 춤가락이 천지를 손에 잡아
세상을 무대 삼아 신명나게 넘실거린다.
길을 잃고 어디로 갈까 서성거리다.
바람에 실려오는 향기에 취한 채 공중을 헤맨다.

봄날의 전설은 사람들의 눈동자를 유혹한다.
사람들의 마음 속까지 강한 부드러움으로 손짓한다.
사람을 깊은 시간 속으로 밀어 넣는다.
마음을 높은 구름 위로 끌어 올린다.

봄날의 전설은 세상 속으로 자꾸자꾸 밀어 넣는다.
봄날의 신화는 환상 속으로 힘껏힘껏 밀어 놓는다.

내가 흘러 그 세상 봄날의 전설로 된다.
내가 흘러 그 세상 봄날의 관객이 된다.

사람들을 두고 세월 속에 시간이 흐른다.
그 시간이 흐른다.
봄날이 흐른다.
그 전설이 흐른다.
향기가 흐른다.

사람의 마음도 흔들리며 따라간다.
힘없이 따라간다.
맥없이 따라간다.

어머니는 눈물입니다

나는 눈물을 가지고 있습니다.
동트기 전에 엉엉 울어 버린
새벽녘 이슬처럼 촉촉한 슬픈 눈물입니다.

낮에는 햇볕이 닦아주지만
저녁이면 꼭 생기는 눈물입니다.
나는 외로움을 가지고 있습니다.

찢어진 낙엽으로 마음을 가린
겨울바람보다 더 차디찬 외로움입니다.

눈이 오면 내 마음을 가려주지만
비가 오면 꼭 생기는 눈물입니다.

그 눈물은 나의 어머니입니다.
그 외로움은 나의 어머니입니다.
그 슬픈 그리움은 모두모두 나의 어머니입니다.

어머니, 어머니만 생각하면
단비가 내 눈에 샘을 판답니다.

더운 여름날 땀줄기처럼
어머니, 그 어머니의 그림자는
내 몸을 온통 젖게 하는
내 가슴에 살아 계신 어머니의 숨결입니다.
내 가슴 깊은 곳의 흔적이십니다.

어머니, 어머니는
새벽이슬로 만든 슬픈 눈물입니다.

어머니, 어머니는
얼음 속을 흘러가는 가슴 시린 물입니다.

어머니, 어머니는
찬바람을 홀로 맞는 외로운 나무입니다.

어머니, 어머니는
구름 따라 어둠을 가르는 그리운 달빛입니다.

어머니! 어머니!
어머니!

어머니의 얼굴

노을을 바라보며 걸어가는
석양길 나그네의 발걸음입니다.
해는 져서 어두운데 달빛은 보이지 않습니다.

어머니가 보고 싶습니다.
어둠 속에 길을 가는 내 마음 속에
눈 이슬로 어머니를 그려봅니다.
저 캄캄한 밤하늘 어디에 달빛이
숨은 그림처럼 숨어 있으리라 생각합니다.

그렇게 믿습니다.
동화처럼 그립습니다.
우리 어머니가 그 곳에 계실 환상을 믿습니다.
어둠을 깨우고 그 위에 예술처럼 앉아 있을 겁니다.

시간은 더욱 어둠의 공상을 만듭니다.
내 하얀 생각과는 아주 다른 까만 길로 가고 있습니다.
어디서 와서 어디로 가는지도 모르고
그냥 앞만 보고 갑니다.
나는 한 줌의 시간을 시인의 영혼으로 잡아봅니다.

어둠을 내 손에 잡아넣었습니다.
시간은 흔적 없이 빠져 나갑니다.
우리 어머니의 시간은 소설 같은 흔적이 남았습니다.
그 시간이 남았습니다.
어둠보다 더 진하게 남았습니다.

어둠 속의 어머니 얼굴이 안 보인 까닭이 있습니다.
어머니는 그 시간 돌아서서 거울을 보고 있습니다.
어둠을 환하게 불사를 얼굴을 말입니다.

그게 달입니다.
그게 어머니입니다.
어머니는 밤마다 그렇게 사십니다.
생전에도 그렇게 사셨습니다.

어둠이 걷히고 어머니의 속눈썹이 비치기 시작합니다.
구름 타고 오는 어머니의 얼굴이 보이기 시작합니다.
구름 방석 위에 앉아 나를 바라보고 있습니다.
나는 어머니를 봅니다.
밤마다 어머니를 봅니다.
우리 어머니를 봅니다.

인생의 끈

아! 세월아!
아! 그 세월아!
어찌하여 너는 그렇게 가고 있느냐?

내 마음 큰 그릇에 담아두고
내 몸에 물처럼 흘러흘러
내 생명으로 같이 살지 못하고
그렇게 영상만 돌게 했느냐?

그 시간은 갔지만
내 마음에 이렇게 남아
그 옛날 길동무 삼았던
그 날의 삶과 추억들이
저 하늘 구름 한 조각처럼
아니 깃빠진 새털구름처럼
눈과 마음은 어데 가고
갈 길 잃고 힘없이 날리고 있구나.

부모님이 밥 먹듯이 일러주었던
그 수많은 인생 격언들이
저 텅 빈 하늘에서

그 옛날 집을 찾지 못하고
길을 잃고 갈 길 몰라 서성이는 몸동작이
두리번거리는 눈 속에 머물고
끈 떨어진 연처럼 외롭게 날리고 있구나.

파란 하늘 넓은 곳에
빨간 점 하나 뜨겁게 탈 때
내가 그리고 싶은 그림을
무지개 색깔로 그려갈 때
그것은 꿈이었다.

세상에서 내가 이룰 희망이었고
그렇게 석양길 노을 속에서
보랏빛 소망으로
그 날의 인생을 태우고 또 태우며
화려한 청춘 길을 그려본들
눈 감고 뜨면 곧 밤이 될 텐데
고개 돌려 바로 보면 곧 밤이 될 텐데
인생이 무엇이고, 사는 것이 무엇이냐?
아! 인생의 끈을 잡고 가면서―.

세월을 품고

비가 와도
우비도 없이 그 비를 맞고
바람이 불어도
문풍지도 없이 그 바람을 맞는다.
나는 그렇게 한세월 품고 어디로 간다.
인생이 무엇이고 사는 것이 무엇이냐?
생각하고 길을 가는 것이런가
밤길에 내 그림자 찾듯
시련 속에 행복을 찾으며
나는 그렇게 세상의 한참 속에 서 있다.

세상에 온 것은 내 뜻도 우리 부모 뜻도 아니요
꿈 풀어가듯 이런 저런 생각을 먹고 보니
세상이 나를 원하여 삶이 나를 원하여
그렇게 일손으로 신이 세상으로 시집보낸 것이다.
하늘의 섭리가 그 곳에 있으니
어찌 하늘의 소리를 한낱 메아리로 알겠는가?
내 삶이 고통스러울 때 하늘을 보면
친정어머니의 눈물인양 밤이슬이 내리고
친정아버지 뜨거운 정인양 햇볕으로 내린다.

고생을 낙으로 삼으며

고생 끝에 낙이 오고
세월 속에 행복을 낚으며
부지런한 삶의 손에서
보물을 캐낸다 할지라도
고생을 낙으로 삼으며 운명을 위로하련다.

나처럼 내 의지대로 타고 나지 않았던 나의 운명
사시사철 변함없이 나를 돌보는 그림자로
그래도 내 곁에 있고 내 곁에 머물며
철없는 못난 마음 눈물로 받아주고
인생길 옆자리 늘상 앉아 인생길 돌을 치운다.

내가 세상 사는 이유가 그곳에 있으니
나는 너를 믿고 세상 사는 길을 만들어
그림자 숨소리 서로서로 이야기하며
그 손을 놓지 말고 어차피 살아가자.

생명의 젖줄

어머니! 어머니 어디에 계십니까?
사랑과 정성으로 흘러 흘러
내가 나갈 인생의 강을 만들어주신
푸른 물 같은 어머니!
맑은 물 같은 어머니!

아장아장 걷는 걸음 선율 삼아
웃음으로 중심을 잡아주고
엄마 손 엄마 손 뒤뚱뒤뚱
눈앞에 두고 털썩 주저앉은
내 몸뚱이를 얼른 얼싸안은 어머니.

찬 바람 막으면 훈김이 불고
빗줄기 손에 쥐면 햇볕이 들고
어머님의 앉은 자리 이부자리요
어머니가 걷는 자욱 신발이 되어
나는 그 길을 편안하게 걸어왔소.

앞길도 가리지 못한 손가락 같은 자식에게
살포시 눈을 받아 녹여주는 땅처럼
나를 품어준 보이지 않는 공기처럼

한없는 용서와 사랑의 포대기로
나를 감싸안아 키워주신 어머니.

당신의 아픈 숨결을 먹고
생명으로 태어나 이만큼 자란 나는
이제야 당신의 은혜와 사랑을
말 배우는 아가처럼 조금 알고 나니
당신은 내 손 그림자 안에 없소.

당신이 없는 이 시간
기쁨이 무엇이고, 행복이 무엇인지
오히려 근심과 고민이 많아
당신이 가신 저 시간의 언덕길에서
어머니를 부릅니다.

눈물 속에서 불러보는
봄 날 같은 포근한 당신의 그리움
그건 바로 당신의 이름입니다.
내가 죽어도 불러보는
어머니, 어머니의 이름입니다.

자식이 있어도, 아내가 있어도
사랑이 뭔지, 그리움이 뭔지
겨울 찬바람에 맞은 얼굴 위에
서럽게 서럽게 눈물이 흘러 내립니다.

울고 있습니다, 울고 있습니다.
내가 아플 때 어머니, 어머니가
하루에도 열두 번씩 정안수 떠놓고
얼음 찬물에 머리를 감으시며
그 지성으로 자식의 병구완을 했던
나의 어머니! 나의 어머니!

당신의 자식이 몸이 아플 때
나를 키우던 그 지성의 손길
지금은 어루만져 주실 수 없습니까?
어머니의 그 약 같은 손길을
꿈엔들 보여줄 수 없습니까?

내가 죽어도 영원히 잊지 못할
한없는 은혜와 그리움이
천년설처럼 내 마음에 시리게 쌓입니다.

언제 다시 못 오십니까?
다시 오시거든 그때도
나의 어머니로 또 오실랍니까?

세상보다 더 고귀한 어머니 사랑으로
나의 어머니로 생전의 그 어머니로 살아있는
숨쉬는 강줄기를 이룬 물이 되어
목마른 나에게 생명의 푸른 젖이 되어 주십시오.

그 때는 아픈 고통 없는 세상에서
그 날은 일없는 편안한 세상에서
그 날은 배곯지 않는 넉넉한 세상에서
어머니, 나의 어머니를 모시겠습니다.
서럽고 슬픈 눈물 없는 세상에서
편안히 모시겠습니다.
어머니!

꿈속의 길

사람의 머리 위에는 공중을 풍선처럼
그보다 더 높은 하늘을 물동이처럼 이고
그런 상상의 길을 꿈속에서 꿈으로 만들며
환상의 별장, 하늘의 집 천당을 짓는다.

사람들은 그 곳에 오르는 길을 모르고
숨겨놓은 보물 찾듯 서성이며
날마다 그 길을 찾아 장님 지팡이로
엉뚱한 바위를 두드리다 물에 빠진다.

동네 골목길보다 더 쉬운 길
욕심에 눈먼 사람 저 산 너머만 바라보다
돌맹이에 걸려 넘어진 꼴
남의 탓하며 불평불만 인상에 심는다.

그럴수록 갈 길이 무겁다.
하늘 길은 사람이 가는 가장 큰길이라
줄줄이 가도 막히지 않고
앞이 확 트인 찬란한 빛 속처럼
눈부신 자리를 내어준다.

누구라도 갈 수 있는 공평한 길인데
넓은 세월의 품안에 들어
그냥 그렇게 이유도 없이
말만하지 말고 무작정 따라가면 된다.

그곳에는 말과 글이 따로 없고
유무식도 따지지 않으며
재물도 논하지 않으니
그 길에 사람들이 줄지어 간다.

그 곳에 먼저 든 의롭고 선한 사람도
누구 하나 좋다 궂다 말이 없어도
땅에서는 더 이상 기댈 곳이 없어
그곳에 내 인생 투자의 축복이 있으리라

그냥 배짱으로 간다.
그냥 소원으로 간다.
우리 부모 만나러 간다.
그냥 믿음으로 간다.

거짓된 자화상

억만년의 미련한 바위가 숨을 쉬면
세상사 숨은 이야기가
먼지처럼 떨어진다.

억만년의 푸른 송이 발을 뛰면
세상사 바람이 등 뒤로 숨어
사시나무 떨듯 움츠린다.

억만년의 맑은 물길이 가슴을 열면
세상사 속물들이 눈을 감고
갈 길 몰라 허덕인다.

억만년의 무식한 세월이 눈을 뜨면
세상사 악연들이 눈물을 짜며
검은 종이에 자화상을 그린다.

비굴하게 우는 눈물
부끄럽게 우는 눈물
속이 텅 빈 썩은 대나무 통에 내린다.

호랑이 장가는 빗길 열고

거짓된 울타리에 서서
그래도 살겠다고 낯 뜨겁게 서 있다.

그 얼굴을 들고
하늘 아래 햇볕을 쬐느냐?
그 모습도 사람이라고 그 신세로 사느냐?

어머니의 밥 그릇 · 1

어서 먹어라!
천천히 많이 먹어라!
어머니가 주신 그 꽁보리밥
어머니의 주먹만한 밥그릇에
태산 같은 밥솥이 숨어 있나
어머니는 요술을 부리듯
도깨비 방망이처럼
한 숟갈 두 숟갈
내 밥그릇이 비워지면
쉴 새 없이 또 주고, 또 채워준다.

어머니의 밥그릇에서 밥이 솟아나나
어디다 밥을 숨겨났나?
상 밑을 훑어보고
등 뒤를 돌아본다.
어머니의 말 없는 미소가
내 눈치를 살필 뿐 아무것도 없는데
내 배가 바람찬 공처럼
불룩 솟을 때까지 밥을 퍼준다.

나의 배가 불러올 때면

어머니의 뱃속에서 쪼르륵
이상한 소리가 들릴 때면
물 한 사발 숨도 안 쉬고
꿀꺽꿀꺽 들어 마신다.

어머니들은 다 그런 것인가?
밥 먹을 때마다 그런다
부엌에서 몰래 먹었을까?
아무리 생각해도
이상하기만 하다
나는 이렇게 내 밥 다 먹고
엄마 밥 다 먹어도 더 먹고 싶은데
어른들의 배는 아이들하고는 다른가?

엄마 밥그릇은
언제나 가득 가득 채워지는
요술 밥그릇이고
내 밥그릇은 구멍난 밥그릇이다.
내 밥그릇은 텅텅 비어 있는
빈 그릇이다.

어머니의 밥그릇 · 2

밥이 들어오기 전에
비워지는 내 밥그릇은
빈 그릇 빈 밥그릇이다.
그래도 어머니 밥그릇 넘겨 보네.

행여 도깨비 방망이 요술이 나올까?
눈동자를 뗄 수 없는 내 욕심이
우리 어머니 배곯게 했다는 걸
이제야 알았네.

내가 어른이 되어 자식과 밥을 먹으면서
이제야 알았네.
우리 어머니 밥그릇은 요술 그릇도 아니요.
우리 어머니 숟가락은 도깨비 방망이도 아니란 것을
우리 어머니가 얼마나 배 고팠을까?
우리 어머니가 얼마나 배 고팠을까?
나는 산처럼 배가 튀어나올 때
우리 어머니 배는 계곡의 물처럼
뱃속을 흘러 간다네.

그 쪼르륵 쪼르륵 소리가

높은 산 밑을 내려가는 계곡 물이었다네.

그런 줄도 모르고 그런 줄도 모르고
물소리 새소리 즐기는 신선처럼
우리 어머니 배고픈 멜로디를 즐겼으니
자식 된 도리가 그것인가요?

그래도 어머니의 하늘 같은 사랑에
우리 어머니에게 미안합니다.
어머니 미안합니다.
정말 미안합니다.

이 소리 밖에 보낼 수 없으니
어머니는 들을까요?
저만치 가다 메아리처럼 사라질 것 같은
나의 뒤늦은 뉘우침의 소리를
어머니! 어머니! 어머니!
꿈속에 나타나십시오.
꿈속으로 오십시오.

어머니 귓전에

생전에 못 다한 하고픈 말씀
그 효성
그대로 담아 드리겠습니다.
어머니!

미륵의 꿈

세월 속에 잊혔소
세월 속에 묻었소
차라리 그렇게 침묵합니까?
세상은 그림의 떡처럼
그 속살, 그 속살
사람은, 사람은 마음으로 만집니다.

허공에 외친 세월!
허공을 잡은 세월!
어리석은 중생의 꿈이었습니다.
그렇게 실체가 없거든
무거운 인생꾼들 쉬어 가는
햇볕 가리는 그늘이나 되십시오.

수고하고 무거운 짐을 받아 주소서
한없는 욕망의 보따리 찍어 주소서
인생이 가는 길은 마음 속의 꿈이라고
돌 같은 마음 속에 미륵이 있다고
어두운 꿈속에 미륵이 있다고
어리석은 인생을 깨워 주십시오.

춘정의 씨앗

가슴에 화단을 만들었던 그 춘정은
외로운 씨앗만 님의 흔적인 듯 남기고
이제는 그리운 그림자만 한쪽 곁에 기대어
지나가는 비바람을 피하고 있습니다.

그 사랑이 짙은 안개 속에 떨고 있어도
난 한없는 그리움만 서글피 노래할 뿐
그 님에게로 갈 수 없는 길이 없으니
인생은 앞을 보고 가는 세월인가 봅니다.

화려한 연분홍 세상 꿈속에 담고
기다림의 문을 활짝 열어 보지만
그 시간 속에는 수많은 사연만 있을 뿐
연분홍에 꿈꾸던 그 미소 간 곳이 없습니다.

님의 마음을 꼭 잡고 세월을 막았던
그 기운도, 그 슬픈 눈물처럼 흘러 내리니
인생이 무엇이고 사랑이 무엇인지?
갈무리할 내 생각 공간이 없습니다.

그 회한을 담을 짧은 가을녘 붉은 하늘은

고추잠자리처럼 내 눈앞에서 빙빙 돌 뿐
바람결에 힘없이 떨어진 낙엽이 어려워
나는 그 바람에 눈물을 실어 인생을 노래합니다.

다음에, 또 다음에 그 그리움이
춘정의 화단을 이룰 그 날로, 바로 그 날로
정녕 다시 오리라 믿으며
정녕 오리라 믿으며
슬픔도 그리움도 내일을 위해
겨자 씨앗처럼 남겨 둡니다.

고향의 그림 색깔

고향, 내 마음에 그려진다.
언제 그려도 싫증이 안 나는 그림
색깔 색깔마다 아침, 저녁처럼 정겹다.

그 이름 부르면 저 가슴 깊은 곳에 자리한
고향의 메아리가 정서의 우물에서
애틋한 정이 되어 눈물 흘린다.

그 곳을 생각하면 사랑의 요람이 춤을 춘다.
그리움과 추억이 사이 좋게 노래하며 장단 맞추고
어머니의 뜨거운 가슴이 햇살처럼 사방을 비춘다.

나 어릴 적 첫걸음을 받쳐주던 그 땅
나 어릴 적 꿈을 주던 맑은 하늘
나 어릴 적 산천을 벗삼던 놀이터
고향은 고소하고 향긋하고 달콤하고
그리고 포근하고 따뜻하고 시원한 곳
사랑과 우정과 그리움의 추억이
구름처럼 떠도는 곳이다.

나의 살던 고향

나의 살던 고향은
희망의 색깔이요, 생명의 색깔이요.
내가 그리고 싶은 대로
내가 칠하고 싶은 대로
마음대로 그리고 칠하는 그림이다.

생명의 바람

내 마음이 바람이라면 참 좋겠네
온 세상 구석구석 손님으로 찾아가서
머무를 데 머무르며 잡을 수 없는 손길로
가려운 곳 만져줄 수 있는 그런 바람.

온 세상 품안에서 세월을 노래하고
고달픈 인생살이 밀어주고 끌어주며
갈 길 몰라 헤매는 자 이정표를 붙여주고
노고의 땀방울을 시원하게 식혀 줄 바람.

더울 때는 시원한 그늘을 만들어주고
추울 때는 따뜻한 숨결을 불어주며
가는 곳마다 내 발걸음처럼 움직일 수 있는
내 몸 속에 살아 있는 그림자 같은 그런 바람.

산 넘어도, 강 건너도, 돌 틈에도
밤에도 낮에도 차별 없이 찾아가서
종류마다 사물을 노래하고 춤추게 하는
사랑의 발길, 행복의 손길 같은 바람.

인생 길 험하다고 날마다 일러주신

우리 어머니 정성 같은 마음으로
꿈을 꾸고, 희망을 불어주는
살아 숨쉬는 생명의 바람
생명의 바람.

파란 세월 갈색 세월

예쁜 꽃잎에 화장이 지워졌나
낙화 되어 물속에 빠진다.
그래도 예쁜데 새색시 같은데
타고난 그 맵시 그 자태 사라졌다고
부끄럽게 여기나, 추하게 여기나
참으로 절개로구나, 사람보다 났다.

흘러간 세월이 종이처럼 구겨져
낙엽처럼 떨어진다.
오도 가도 않고 한쪽 귀퉁이에서
시도 때도 없이 심술을 부린다.
사람들은 그 속에서 꿈을 꾼다.

미련한 바위처럼 꼼짝도 않고
나이가 먹을수록 더 많은 욕심을 삼킨다.
세상의 맛을 새것, 헌것 모르는 장님의 눈이다.

파란 세월이 낙엽이 되는 갈색의 무상함은
쇠뭉치도 녹슬게 하는 줄 모르고
내 눈에 보이는 세월만 느끼는구나.
집 안에 있는 세월만 잡는구나.

5부

인생과 시인

인생과 시인

인생길이 무엇이냐?
물어도 또 물어도
사람마다 대답은 다 다르고
바람소리 제멋대로 어디로 간다.

그 꿈을 풀기 위한
인생 만년 공부가 갈수록 태산이니
억만년을 짊어진 세월보다
세상에 내려앉은 흙짐이 더 많구나.

어느 꿈속에서 찾아볼까?
눈을 감고 저 뒤를 보고 앞을 봐도
보이는 건 까만 어둠만 가로놓일 뿐
그 이상 내 눈 속을 벗어날 수가 없다.

이리도 생각이 멀고 끝이 없는가?
억만년을 찾아가도 아직도 아직도
사람의 눈 속을 벗어나지 못했으니
장님 눈뜨듯 그 날의 빛은 언제일까?
차라리 잊고 살까?
차라리 잊고 살까?

세상 사는 이야기 내 속에 담고
우물 속의 개구리마냥
보이는 그 곳만 가는 게 났겠구나.

종교의 가르침도 지저귀는 새소리요
철학도 연필로 끌적끌적한 것에 불과하니
그 인생길을 닦는 사람은
그나마 시인 밖에 없구나.

천억만 개의 실타래가 풀어져 있는
깊고 또 깊은 시인의 생각으로
돌 속에 정신을 캐내고 물 속의 마음을 그리니
그 나마 위로한다 저기에 공이 있다는 것을.

큰 마음과 햇살

다시 맑은 하늘에
하얀 구름이 희망처럼 떠올랐소.
푸른 들판에
새들이 신명나게 춤을 추며 노래하고 있소.

뜨거운 태양처럼
온 누리를 달구어 내는
우리의 사랑을 잘 익혀 줄
가마솥 같은 큰 마음을 보았소.

가을날 노란 들판을
흐뭇한 눈길로 가르침을 줄
괭이도, 삽도, 지게도 보았소.
아버지 같은 일손을 보았소.

농부의 간절한 심정으로,
부모님의 따뜻한 정성으로
우리에게 새 옷을 입히고
배불리 먹일 그림자를 보았소.

사나운 바람이 불 때는

산처럼 버티고 서 있는 것 같았소
세찬 물줄기가 흐를 때는
천년바위처럼 앉아
인생사의 역사를
베 삼아 옷을 지을 힘을 느꼈소.

바다처럼 모든 물을 안을
큰 그릇을 보았소.

뿌리 깊은 영혼

신과 자연으로부터 선물 받은
가장 큰 축복은 생명이다.
이 생명을 애호하고 보육하는 본능은
인간 누구에게나 있다.
인간은 그렇게 각자가 나면서부터
생명을 키울 수 있는 자생적 능력을 가졌다.

생명 그 자체의 본질은 신비의 비감 속에 있다.
그 신비의 깊이는 영혼으로 빠진다.
사람은 영혼이 맑아야 한다.
더 맑고 맑을수록 좋다.
한 군데 정체된 물이 아닌
끊임없이 솟아나는 하얀 색깔 같은 물이어야 한다.

영혼의 공간에는
신이 있고, 철학이 있고, 문학이 있고
숨쉬는 생명이 있다.
그 영혼의 품안에서는 바람도, 구름도, 물결도, 세월도
쉬어갈 수 있어야 한다.
인간의 생각과 마음을 존재케 하는 영혼은
오염되지 않는 깨끗한 청정수와 같은 것이다.

세상사 물결에 탁해진 우리의 영혼을
무엇으로 정화시킬까?
그것은 각자가 이 땅의 흙이 되어
모든 만물의 뿌리가 되는 것이다.

뿌리 깊은 나무 뿌리 깊은 인생
뿌리 깊은 역사가 바로 영혼의 힘이다.
바위 같은 원칙 흙 같은 믿음
물 같은 신념의 길이 바로 영혼의 힘이다.

인간은 영혼을 먹고 사는 영장류이기 때문이다.
그렇게 살아야 한다.
영혼이 맑게 살아 숨쉬며 흐를 수 있도록 말이다.

눈물과 손수건

아! 그 님은 갔지만,
정녕 떠나지 않았소.
아! 그 님을 보냈지만,
우리들 마음 속으로 보냈소.
그래도 우린 울었소.
그 짧은 거리로 이사하는 거리에서
그 날 그 뜨거운 가슴을 식혀 줄
사랑의 눈물을 흘렸소.

풀잎에 맺힌 이슬처럼
그 님의 몸에 알알이 떨구었소.
그 님은 우리의 눈물을 어루만지며
동녘 하늘에 찬란한 햇살을 머금게 했소.
그 님이 닦아준 햇살 같은 손수건이었소.

소리의 풍경

그림자 속의 숨결을 그린다.
달걀 속의 호흡을 듣는다.
바위 속의 마음을 읽는다.

세월이 가는 소리를
풍경 소리처럼 즐긴다.
인생이 가는 소리를
구름 소리처럼 속삭인다.

지리산을 부르며

어머니 품안 같은
이 포근함을 맛보면서
산처럼 넉넉히 살고 싶다.

지저귀는 새소리 서글피 울어대고
이내 마음 애간장을 태울 적에
산자락에 구름이 님처럼 다가온다.

지혜로운 품 안에서
이 풍진 세상살이
산새처럼 노래하며
세세만년 이루고 싶다.

반야봉

반야심경 목탁소리
야경 같은 노을빛에 젖은
봉우리마다 자비를 베푼다.

반짝반짝 별을 세며
야경을 뚫고 달빛에 오른
봉우리가 나를 반긴다.

반가운 그 목소리
야호 소리 얼싸안고
봉우리 나란히 붙어 있다.

등신불

오 그 자비는 고행을 버린다.
그 자비는 생명을 찾는다.
그 자비는 세속을 태운다.
세월이 가는 길에 불을 밝힌다.
어둠 속에 등신불이 살아난다.
그 길에 인간이 눈 속에 맑게 보인다.
삼라만상 희로애락의 업을 불 속에 넣는다.

세상이 울었다. 등신불이 솟는다.
그 길에 생명이 불꽃처럼 솟는다.
자비가 있는 곳에 인생이 머문다.
내 것 마음은 이미 헛것이다.
내 속 마음은 이미 나를 떠났다.
부처님이 계신 곳에 중생이 있다.

내가 나를 알 때
나는 물 속에 공기로 있다.
내가 나를 모를 때
나는 떠도는 구름이 될 것이다.
등신불이 타오른다.

자비가 불꽃처럼 뜨겁게 솟아오른다.
세상을 품을 생명의 기운이 솟구친다.
마음을 비우고, 세상을 잊는다
죽음이 사라진다.
다른 생애가 펼쳐진다.
나무아미타불 관세음보살
나무아미타불 관세음보살
나무아미타불 관세음보살
등신불
등신불
등신불.

세월의 종이

내가 가는 인생길은
남다른 파란 길이라
그것도 아니면
보라색으로 다시 그린
내 길을 간다 하지만
그 길도 알고 보면 똑 같은 흰색이었다.

아무리 세월의 종이에
내 인생 색을 곱게 칠해도
색칠한 데 덧칠한 것뿐이요
내 길은 그 색깔
원래 그대로 손에 쥐어진
그 색깔 그대로 칠하고 있다.

나는 남을 보지 말고
주어진 세월의 종이 위에
내 고유의 색깔을 칠하여
빨간색이 노란색이 될 수 없는 그 길에
나는 원래 색대로 칠하며
그렇게 그 색깔 마음으로 그 날을 향한다.

세월이 가는 길에

외로운 인생길이라 탓하지만
저기 보면 저 길에서도 불평이 나고
사방천지 요란 법석 떨어도
외로운 기러기 저녁 노을 슬피 노래하듯
말 못하는 짐승들도 군소리 없이 따라간다.

인생길 가는 길에
세월을 소유한 느낌의 착각 속에
천년의 꿈을 꾸고 오늘을 살고
내일의 희망을 안고 어둠을 맞으니
어느 새 딴 세상을 예감하듯
그래도 새벽을 맞는다.
새벽은 온다.

삶의 길

가는 길 무거운 시간
하늘이 내려앉았나
내 어깨가 땅에 닿는다.
넘어질 듯 지친 몸뚱이
땅이 받아 준다, 땅이 받쳐 준다.
있는 힘 다하여 내 발을 들어준다.

하늘을 보고 원망을 해도
그 하늘 배가 고팠나
내 말을 메아리처럼 먹어버린다.
나를 받쳐 준 땅에게 미안하다.
눈을 발 밑으로 돌리니
채인 슬리퍼 모양이 밟힌다.

거칠거칠한 땅 속에 돌멩이가
세월 바람에 세차게 씻긴
못난 얼굴로 나를 보며, 그래도 말이 없다.
삶의 여정에 얽힌 사연
밤이슬처럼 뼈가 시리도록 젖어오지만
그 상처로 된 아픈 이슬을 머금는다.
피할 수 없는 희망을 만들기 위해

어둠이 깊을수록 훤한 날이
삶의 길을 비쳐주는 마음으로 그렇게 간다.

새벽이 온다
어디서 와서 어디로 가나
오는 데도 몰라 가는 데도 몰라
세월의 형체는
인생이 늙어 가기에 느끼고
인생의 형체는
사물이 노화됨으로 보인다.

어머니의 손사랫짓

석양 노을 바람에 흔들리는
억새 손바닥처럼
우리 어머니
뒷동산 마루에
우두커니 서서
잘 가라는 손끝에
말이 실린다.

어머니 손사랫짓
올라갈 때는 가라고 젓고
어머니 손사랫짓
내려올 때는 다시 오라고 저으며
자식을 보내면서도
자식을 마음에 담아둔다.

이러지도 저러지도 못하는
어머니의 깊은 심정
자식인들 모르리까
산천인들 모르리까

어머니를 따라 붉은

복돌이가 나 대신 짖어댄다.

나는 바람 따라 가고
어머니는 낙엽 받으며 가고
사랑과 그리움이
조각난 구름처럼
멀어져 갈 때
그 날에 다시 만날
세월의 이야기를 다시 꿈꾼다.

꿈의 동산

새벽 이슬 마르지 않는
저 아래 남녘
내 고향으로 가고 싶소.

나를 낳아준 운명의 터전으로
내 몸뚱아리 같은 태(胎)를 묻은
포근한 그곳에서 꿈을 내리고 싶소.

그 곳에 가면
나의 맑은 영혼이 샘물처럼
쉴 새 없이 솟아나고 있소.

아직도 그 곳은
돌이 흙 속을 비집어도
큰 가슴으로 안아준다오.

그곳은
바람이 노래하고
구름이 춤을 추며
샘물이 아가처럼 새근새근 숨을 쉰다오.

내 마음이 목마를 때
그 물 한 모금 마시면
세상 시름 어느새 갈증이 풀린다오.

바람이 노래하는 곳
구름이 춤을 추는 곳
물결이 숨을 쉬는 곳
나는 그곳에다 마음을 내려놓고 싶소.

나 어릴 적 같이 놀던
흙과 돌과 나무가 있는
생명의 땅, 고향 땅
나의 남은 마음의 씨를 뿌릴
동화 같은 꿈의 동산
내 고향으로 가고 싶소.

상상의 꽃

어둠 속에서 피어난 꽃
밤새 울었던 눈물이었다.

풀잎에 이슬로 맺혀
여린 내 사랑을 저미는
상상의 꽃이 피어 오른다.

6부

매미의 울음소리

매미의 울음소리

어젯밤 꿈에 매미가 울었소
우리 동네 당산나무 등에 업혀서
어릴 적 엄마 등에 업힌 내 모습처럼 울었소.

나는 그 매미를 잡으려고
간짓대에 얼망 고깔을 씌운 매미채를 들고
도둑 고양이처럼 살금살금 다가갔소.

매미는 애타는 그리움이 섞인 눈물을
어느새 뚝 그쳐 버리고
새처럼 어디론가 훌쩍 날아가 버렸소.

매미가 그렇게 열정으로 울다가
또 갑자기 울음을 그치고 날아가는
까닭을 누가 알리오.

아마도 나 어릴 적 엄마 등에 업혀
눈물 콧물로 울 때와 같아 보여
매미는 나를 닮은 것같아 보였소.

이제야 그 사연을 알 것 같으니

어차피 매미도 한 철 살고
어차피 인생도 한 세상 사는 것이 아니겠소.

세상의 널찍한 등에 업혀
울어도 보고 웃어도 보고
그렇게 살다 가는 인생이 아니겠소.

손님처럼 왔다가 주객처럼 살면서
때가 되면 이방인처럼 보따리 하나 없이
어디론가 가는 게 아니겠소.

민주주의를 위하여

칠흑 같은 어둠이
세상의 시간을 멈추게 하고
갈 길 몰라 헤매는 순한 양들은
개똥불만한 희망을 찾아
첩첩산중을 헤맨다.

인간의 자유 소리가
산 속의 메아리처럼 울리는
활짝 열린 세상을 위해
번갯불도 천둥소리도 무서워하지 않고
오색 무지개를 찾아 나선다.

한 치 앞을 가늠할 수 없는
짙은 안개가 온 누리를 덮어도
민초가 뿌린 잡초는 쓰러질망정
죽지 않는 기개로 안개의 가슴 속에
정의의 생명으로 다시 일어선다.

대명천지 밝은 낮에
독재자의 날벼락이 우박처럼 쏟아져도
민주주의의 모자는

민중의 자유와 인권을 안고
그 날을 위해 기상을 드높인다.

툭 치니까 '억!' 하고 죽었다는
박종철 열사의 억울한 함성이
6월 항쟁으로 솟구칠 때
이한열 열사는 그 목소리를
가슴에 움켜쥐고 국민 앞에 쓰러진다.

잔악무도한 살인자가
국민의 피로 쏟아 부은
최루탄 연기가 민주주의 한처럼
저 하늘에 구름처럼 퍼져 나간다.

광주항쟁을 사람 잡아 먹는
먹이 사슬 연습장으로 일삼았던
그 짐승, 짐승들이
마지막 배고픔에 허덕이며
최후의 발악을 하고 있다.

이 땅에 암적인 악마의 피가

오물처럼 흘러 내린다.
이 땅을 민주주의의 샘물로
깨끗이 씻어내기 위해
맑고 푸른 건강한 물을 흘려 보낸다.

정의가 강물처럼 흐르고
민주가 들꽃처럼 만발하고
자유가 바람처럼 시원한
그런 세상을 위해
가신 님의 흔적이 너무 크다.

님들이 남긴 그 발자국에
우리는 우리의 민주주의의 가치를 담고
죄인의 마음으로 오늘을 살고 있다.

그 시대정신을 일용한 양식 삼아
사람처럼 살고 있다.
먼저 가신 민주주의 님이시여
미안합니다 미안합니다.
님의 혼은 민주주의로 다시 부활했습니다.
세월이 가도 님의 숭고한 품안에서 살고 있습니다.

인생의 그림자

인생은 그림자일 뿐이다.
세상이란 무대에서 재주부리는 광대일 뿐이다.

한평생 삶의 주제로 그렇게 연극을 하다
어둠이 오면 그 속에 파묻혀 사라져 가는
가련한 그림자 같은 배우일 뿐이다.

허무한 허상뿐이다.
인생은 저 하늘을 무대 삼아
떠도는 구름과 바람일 뿐이다.

고향의 연정

푸른 창공에는 하얀 구름 조각이
선녀처럼 옷자락을 날리며 거닐고
무한대로 펼쳐지는 인생의 갈 길은
꿈속에서나 상상으로 가늠하며
앞만 보고 찾아가는 눈앞을 따라
그 님은 그 곳에 예쁜 꽃밭을 가꾸었다.

산 좋고 물 좋은 지리산의 숨결을
정결한 소녀의 치마폭 거울에 담아
인생 내력을 동요처럼 노래했던 선율이
세상의 깊은 가슴 속에 메아리처럼 울리더니
산 넘고 강 건너 온 세월의 긴 여정 속에서
그 님은 크레파스 손가락으로 동화를 그린다.

그 옛날 장독대 돌 틈 사이에 수줍은 듯 피어나는
채송화도 봉숭아도 그 사랑이
풀잎보다 여린 우리 누이 볼에
연지 곤지 곱게 찍어 놓고
어여쁜 얼굴로 하늘을 바라보라 할 때
비단실 같은 따스한 햇살이 살짝 미소짓는다.

자연처럼 맑고 순수한 그 님의 영혼은
호수의 백조처럼 잔잔한 품격을 갖추고
생명의 기운을 온 세상에 알리려는
귀여운 아가의 신비로운 숨소리로
사시사철 푸른 소나무 자태로 남아서
고고한 품을 세운 한 마리 학 같다.

고향의 생명이, 고향의 연정이, 고향의 인연이
천년의 세월에 풍겨 가는
그윽한 풍경소리가 되어
바람보다 더 작은 속삭임으로
세상에 있으소서.

봄날 같은 향기로운 꽃밭을
영원히 가꾸소서
님이여! 누이여!
사랑이여! 인생이여! 세월이여!
인연은 생명의 근원이니
인생을 샘물처럼 사소서.

인생의 노래

이 나무 가지에 걸터앉아
그렇게 인생을 노래하더니
향기 품은 꽃잎 하나 떨치고
저 공중으로
휭하니 날아가십니까?

달그림자 뒤에 숨어 있는
님의 모습
눈물인듯
그리움인듯
그 세월의 회한이 은하수처럼
곱게 곱게 그려집니다.

그 님은 갔어도
그 님은 이 곳에 있습니다.
그림자의 숨결처럼
물결의 노래처럼 살아 있는
생명의 따뜻함으로.

공중 속의 인생

공중을 뚫어라
공중을 가르며 날으라
푸른 벽을 허물어라
그리하여 구도를 찾아라.

철학을 찾아라
그곳에서 인생을 배워라
가다 보면
무인도가 있다.

인생을 노래할 작은 섬이 있다
그곳에는 모든 삶이 영으로 비롯된다.

시처럼 상심된다 시처럼 펼쳐진다
가 보자, 우리 모두
무아지경의 시간을 뚫고
숨쉬는 인생을 찾아서.

광대놀음

인생은 형체 없는 마음으로 들어가고
한낱 그림자가 나를 대신하여
세상이란 무대에서
재주 부리는 광대놀음에 빠진다.

한평생 삶의 주제로
그렇게 남의 눈을 속이는
두터운 가면을 쓴 연극을 꿈꾸고
까만 어둠이 오면 장님 지팡이 따라 간다.

더 깊은 그 속에서 사라져 가는
발도 마음도 없는 가련한 그림자 같은
로보트 컨트롤 배우의 흔적은
허무한 허상으로 눈 속에 보인다.

아무것도 없는 텅 빈 그릇을 들고
생명 없는 허수아비로 우두커니 서서
저 하늘에서 떨어지지 않으려고
간신히 숨쉬는 구름을 바라본다.

산처럼 푸른 인격

내 가슴 속이 기름진 토양이 되어
양식 있는 인격의 나무를 심을 수 있는
푸른 산 하나 가꾸어지면 참 좋겠다.

동심에 뛰어 놀던 뒷동산만한 산이라도
건강하게 뿌리를 내릴 수 있는
한 줌의 흙 정도라도 있었으면 참 좋겠다.

계절 따라 갈아입는 옷의 향기가 있는
건강한 잎새들 하늘 향해 두 팔 벌린 푸른 숲 속에서
아는 것이 풍부한 밑거름이 되었으면 참 좋겠다.

새소리 물소리 듣고 바람소리 구름소리 들으며
삼라만상을 새벽같이 깨달은
맑은 영혼으로 거듭 태어났으면 참 좋겠다.

세상보다 큰 세상

인생은 가는 것이 아니다.
인생은 머무는 것이다.
서두르지 마라 바쁠 것 없다.
항상 인생은 제자리 걸음이다.

제자리에서도 뛰지 마라.
바로 그 자리에서 한 치도 나가 서지 않는다.
누가 뛴다고 따라서 덩달아 뛰지 마라.
그 사람은 세월을 찾아 가는 길이다.

인생이 나고 오고 가야 할 자리가
마음이 아니더냐?
세월을 잡지 마라.
세월을 따라 가지 마라.
큰물에 쓸려가는 허깨비처럼 떠밀려 가지 마라.
세월이 가는 길을 비켜 주어라.
세월 길은 검은 길이다.

그 길로 쭉 가면 인생은 늙어진다.
자 손을 잡아 가슴에 넣어 두어라.
심장이 뜨겁게 뛴다.

세월의 심장은 차갑다.
세월은 죽음의 길이다.

마음은 영생의 길이다.
마음은 인생이 사는 집이다.
세상보다 더 큰 세상이다.
세상보다 더 큰 세상이다.

하늘에서 노래하는 새

푸른 색깔의 영혼의 깊이를 알 수 없는
저 넓은 하늘에 외로운 사색으로 가득한
점 하나 찍어 놓은 듯한 작은 둥지에서
행여 올까 행여 올까 그 님을 기다립니다.

많고 많은 그 날에 우연히 나그네로 떠돌다
그 점 하나 만한 둥지에 불쑥 들어서면
외로움에 떨고 있던 그리운 새 한 마리
기쁘고 슬픈 울음이 하늘을 울릴 것입니다.

그 아름다운 노랫가락 울음은
떠나려는 나그네의 발길을 멈추게 하고
쌓아 두었던 여생의 보따리 풀어서
그 날 그 날의 이야기를 한 올 한 올 엮을 것입니다

텅 빈 외로운 마음에 텅 빈 그리운 영혼에
지나가 버린 이삭 같은 사연을 채워서
그때 말 못한 그때 이루지 못한 사랑을
그림자의 숨결을 담아 님 앞에서 미소지으렵니다.

하늘에 떠 있는 구름이

하늘을 지나가는 저 바람이
찬양의 꽃다발이 되고 축송이 되어
세상 속에 없는 그 사랑을 밤중처럼 꿈꿀 것입니다.

물결 속의 그림자

내 모습이 물에 비친다
나는 가만히 있는데
물결 따라 자꾸 자꾸 흔들린다.
내 육신도 흔들리고
내 마음도 흔들린다
도저히 중심을 잡을 수 없다.
물결 속의 그림자는
내가 아닌 완전히 딴 사람이다
정녕 내가 아니길 바란다.

사람의 마음이 그러한가?
세상의 인심이 그러한가?
세월의 흐름이 그러한가?
자신의 마음을 어디에다 두고
물 속의 그림자 하나 잡을 수 없는가?
물결에 마음을 주고 사는 사람아!
허약한 사람아! 비겁한 사람아!
중심 있게 살아라!
세상의 물결을 잡고 살아라!
그림자로 살지 마라!
허깨비로 살지 마라!

흙 같은 양심

사람의 마음으로 살자
사람의 흙으로 살자
콩 심는 데 콩 나고
팥 심는 데 팥 나는
그런 양심으로 살자.

세월이 물처럼 스며들 수 있는
세월을 씨앗처럼 심을 수 있는
흙 같은 믿음으로 살자.

아가야 울지 마라

풀잎 같은 엷은 볼에
무색무취의 물방울 길을 따라
아직 채 새어나지 않은
검푸른 밤을 울음으로 깨운다.

회색 빛 안개가 물방울 닦을 때
아가는 눈물을 온몸에 젖히고
돌 틈 사이에 햇볕을 기다리며
엄마의 가슴을 시리게 한다.

바람이 흔들리는 나뭇잎이
외롭다 그립다 하지 말고
노래하며 춤을 추며
살랑살랑 자장가를 불러준다.

널따란 세상 풍경
엄마 얼굴만 못하고
구름 타고 울어대는 새소리
새근대는 숨결 속에 들려온다.

중천 하늘에 포근한 햇살이
엄마의 손인양 젖은 몸을 말려주고
엄마 사랑 꿈결 속에 입김이 되어
산 가슴을 파고드는 메아리로 들려온다.

어머니의 슬픈 노래

차마 눈꺼풀을 다 덮지 못한 채
졸음을 내보이지 않으려는 초생달
구름 속에 잠시 몸을 감춥니다.

까만 밤에 꿈 이야기 풀어주는
어머니의 조각배는 떨어진 돛대도 없이
세월 먹는 하늘에서 기도합니다.

자유에 실은 노래 슬픈 운명을 싣고
가야금 열두 줄에 얽힌 그리운 사랑
한숨으로 부른 노래 밤하늘을 울립니다.

차마 만물이 깨어날까 가슴에 삭힌 노래
새벽닭이 대신 울어대고 하얀 시간 동이 트니
어머니는 어느새 석양 길에 걸터앉아
자식을 기다립니다.

7부

세월 먹은 어깨동무야

바람 이야기

삼라만상 세상천지 귀가 간지럽고
바람에 묻혀 있는 푸른 이야기는
보드란 내 살결을 은근 슬쩍 만지며 간다.

계곡 물에 잠시 머물던 하얀 바람은
금빛 햇살 눈부심에 수줍어하며
앉은자리 흔적도 없이 또 가버린다.

푸른 바람은 보따리도 풀지 않고
하얀 바람도 더럽힐까 눈뜨면 없는데
사람 마음 씻어낼 숨소리가 없다.

오고 가는 길은 따로 없어도
밤낮을 가리지 않는 노래 소리가
이곳에 머물러도 갈 길은 따로 있다.

삼라만상 세상천지 귀를 뚫어라
내가 보는 눈 속에 거울이 있으니
파란 바람 하얀 바람 그 곳에 앉히고 싶다.

세월 먹은 어깨동무야

나를 감동하게 했던
아주 오래된 책갈피 속에서
나는 어느 날, 오래된 내 친구를
까만 밤 한 줄기 빛처럼 만나
그동안 살아온 깨알 같은 세월을
우정의 물에 띄워 노를 젓고 있습니다.

울퉁불퉁 쌓아 올린 돌담길 서정으로
우리는 그렇게 어깨동무하며
동심의 고사리 순정을
시냇물처럼 흘려 보내며
세월 속에 꽃피는 꿈으로 만나자 했습니다.

세상의 깊은 속으로 너무 들어가 버린 탓인지
어쩌다 꿈속에서나 희미한 흑백 사진처럼
그 날의 얼굴을 보여주었던 나의 친구는
이제는 그 시절의 우리보다
얼마나 더 큰 자식을 앞세우고 있습니다.

봄날의 그리움

이슬 젖은 촉촉한 꽃잎 얼굴 앞에
꽃샘바람도 부끄러워 고개를 숙이고
부지런한 나비 한 마리 갈 길 몰라
강아지풀에 앉아 길을 묻는다.

옹상한 돌 틈새를 비집고 나온 시린 물살
미소하듯 내리쬐는 해맑은 햇살에
부끄러운 듯 빠른 몸놀림으로
어느새 그리움까지 몸담고 저만치 간다.

잠에서 덜깬 듯 수줍게 일어나는 풀잎마다
세상에 품어줄 싱그러운 향기
피어오른 아지랑이 품에 숨소리로 실어
온 사방 천지에 생명을 뿌리듯
하느바람 한 움큼 타고 그 마음 노래한다.

신비하게 일어나는 약동의 봄날을
저 하늘도 구름에 마음 싣고
아름다운 세상을 내려다보며
생명이 속삭이는 봄날을 그리워한다.

봄날의 노래

세월을 품고 가는 바람 소리
하늘에서 비단실처럼 내려주는
빛 고운 햇살을 악기 삼아
옹아리하듯 새근대며 봄날을 선율한다.

두터운 흙을 뚫고 일어선 아지랑이
한들거리는 요염하고 날씬한 자태로
천지간을 극단 삼아 춤을 추며
늦장부린 산천 초목까지 유혹한다.

봄날의 합창을 준비하는 신비한 생명들이
저마다 곡조 따라 향기로운 음색을 고르니
아직도 겨울인양 목석 같은 내 가슴에
싱그러운 그리움을 새벽처럼 얼른 깨워준다.

봄비에 마음을 실어

사랑하는 님이여
보고 싶고 그리운 마음
꿈속으로 가져가지만
그 꿈을 깨고 나면
세상에 나 혼자 있는 것처럼
허망한 마음을 님이여 알는지
밤낮으로 시간을 뺏기다 보니
님의 얼굴 볼 새가 없는
안타까운 시간만 흘러가고
이 시간 봄비가 부슬부슬
님을 향한 나의 그리움 수만치
이슬처럼 내리고
봄비에 마음을 실어 보냅니다.

아름다운 인생으로

세상에 한 번 태어난 인생
연습하며 두 번 살 수 없으니
후회 없는 인생 아름답게 살려면

봄처럼 화사하게 약동하여
향기로운 교양과 품위 있는 인격이 되어
꽃처럼 세상에서 사랑과 어여쁨을 받으며

여름처럼 뜨겁게 정열적으로
삶을 건강하고 무성하게 일구는
신비로운 땀방울로 살다가

가을처럼 인생만사 풍성하게 잘 익어서
농부의 심정으로 부모님의 심정으로
황금 들녘을 바라보면서

겨울처럼 차디찬 세월의 바람을
온몸으로 맞으면서도
새로운 생의 잉태를 꿈꾸는
그 날처럼 살았으면 좋겠다.

혼의 언어

오늘도
구름처럼 떠다니는
영혼의 언어를
가슴에 한 움큼 쥐고
님을 향해 달려가는
깨끗한 바람에 실어
그리운 내 마음을 보냅니다.

공간도 뛰어넘고
두꺼운 어둠도 밝히고 남을
우리의 사랑 앞에
맑고 고운 영혼으로
사랑의 그림을 그리니
생생한 꿈결 속에 구름에 달 가듯
그리운 당신 옆에 봄빛 같은 사랑

세월의 노래

깊은 잠에서 깨어난
세월의 노래가
예쁜 아가의 옹아리처럼
세상을 무대 삼아
흘러가는 구름을 보며
방긋방긋 미소 짓는다.

스쳐 가는 바람소리에
장단맞추어
저 산을 깨우고
저 강을 부르니
산천 초목이 연주자가 된다.

어디선가 훌쩍 날아온 새 한 마리
덩달아 춤을 추며
목청 돋워 봄 노래를 연습할 때
꿈속에서 그린 그 님도 따라
꽃처럼 피기 위한 그리운 사랑을 부른다.

산천의 서사시

똘망똘망한 산토끼가
아침 일찍 옹달샘에서 물을 마시고
귀여운 다람쥐가 나뭇가지를 마당 삼아
광대놀이를 하는 꽃피는 산골입니다.

어머니 품안 같은 지리산의 넓고 깊은 가슴팍에는
봄을 꿈꾸는 신비로운 산천의 만물들이
싱그럽고 깨끗한 바람으로 얼굴을 씻고 있습니다.

공원의 의자마냥 산자락에 살짝 걸터앉은
하얀 구름 살을 분가루 삼아
세상에 선보일 어여쁨을 단장하는
꽃잎들의 속삭임이 동요처럼 들려 옵니다.

꽃들의 마음 같은 황금 빛 산수유 꽃과
세상을 홀릴 듯한 매혹적인 매화의 자태가
마치 초례를 지낼 신랑 신부처럼
봄날의 화려한 하모니를 이야기하는
한 편의 서사시처럼 펼쳐집니다.

산수유와 손님

어제 밤 빗줄기 속에 얼굴을 가리고
달빛 타고 내려온 어여쁜 손님
오늘 낮 길을 밝힌 햇살이 눈을 뜨니
지리산을 계단 삼아
피어오른 안개 구름 타고
하늘로 올라간 손님
산수유 꽃 왕관을 쓰기 위해
하늘에서 내려온 선녀랍니다.

자연의 잔치

생명을 품은 어머니의 성스러운 뱃속처럼
겨울 내내 봄날을 잉태하며
천지간에 봄을 품어내는 지리산은
단아하고 소박한 자태를 꿈꾸며
산동골에 터를 잡고 뿌리내린
산수유 꽃을 온 누리에 장가 보내고
동지섣달 찬바람을 온몸에 품은 채
섬진강 물줄기에 눈물을 흘려 보낸
절조 굳은 매화를 온 산천에 시집 보내니
바람에 흔들리는 지리산 초목들이
어머니의 사랑스러운 손사랫짓인양
봄을 자식처럼 키워낸 자연의 노래가
어머니의 소망처럼 메아리 되어
세상천지에 울려 퍼집니다.

벚꽃의 신명

세상의 넓은 가슴이
봄날의 얼굴인양
활짝 피어난 벚꽃의 자태가
여인의 뽀얀 살결 색으로
바람을 붓삼아 공중을 날리며 그림을 그린다.

겨울 내내 지리산을 신방으로 꾸미고
맑고 푸른 섬진강을 거울삼아
봄날을 신랑 맞이하듯
밤낮으로 단장하며 꿈을 꾸었다.

꽃피는 봄날을 흠모하던 섬진강 물새 한 마리
화려한 벚꽃 향기 실은 바람결에
목청 돋워 노래하고
출렁거리는 섬진강 물줄기 리듬을 타며 춤을 춘다.

흘러가는 구름도 섬진강에 얼굴을 비추고
불어오는 바람결도 어여쁜 아가 만지듯
벚꽃 잎에 얼굴 비벼대며
해는 져서 어두운데 떠날 줄 모른다.
떠날 줄 모른다.

님을 생각하며

세월이 앞만 보고
곧장 가는 걸음을 멈추고
신비로움을 꿈꾸는 봄날의 품속에서
따사로운 봄빛을 타고
살랑대는 바람결을 따라
봄날의 얼굴로 피어난
예쁜 꽃의 향기를 맡으며
사방천지 세상 구경을 하고 있는
이 평화로운 아름다운 시간에
바쁜 세월이 가는 길을 멈추고
꽃을 본 것처럼
나도 예쁜 꽃을 보듯
세월을 멈추는 마음으로
그리운 님을 그리며
행복한 시간을 보냅니다.

사랑이 가는 길

여린 꽃잎같이 선하고 예쁜 그 님이
아침 공기처럼 신선한 향기로
어둡고 답답했던 내 가슴에 한 줄기 빛이 되어
소망을 담은 작은 불씨 하나 심어 주었습니다.

아무도 찾는 사람 없는 외로운 곳에서
밤낮 가리지 않고 바람에 시달려도
허허벌판을 지키고 있는 이름 없는 들꽃에게
세상 길동무 삼는 그림자가 되어 주었습니다.

찬바람처럼 흘러가 버린 그 인생 여정을
널따란 세월의 갈피에 묻혀 버리고
새로운 날에 같이 갈 그 길을 향해
한 송이 꽃으로 다시 피어나고 있습니다.

바람에 실려 가는 구름 되고
구름에 쉬어 가는 바람 되어
많은 세월을 보듬고 인생을 노래하며
그리운 사랑 따라 님의 숨결 속에 살고 싶습니다.

천년의 향기

·

지은이 / 임영모
발행인 / 김재엽
펴낸곳 / **한누리미디어**
디자인 / 지선숙

·

121-840, 서울시 마포구 서교동 395-13 서원빌딩 2층
전화 / (02)379-4514, 379-4519
Fax / (02)379-4516
E-mail/hannury2003@hanmail.net

·

신고번호 / 제300-2006-61호
등록일 / 1993. 11. 4

·

초판발행일 / 2009년 6월 25일

·

ⓒ 2009 임영모 Printed in KOREA

·

값 8,000원

·

※저자와의 협약으로 인지는 생략합니다.
※잘못된 책은 바꿔드립니다.

·

ISBN 978-89-7969-343-0 03810